I See the Sun in India

मैंने भारत में सूर्य देखा

Written by Dedie King
Illustrations by Judith Inglese

डेडी किंग द्वारा लिखित
ज्यूडिथ इंगलीज़ द्वारा चित्रण

Translation: University of Massachusetts Translation Center

Printed in China

ISBN: 978-193587421-8
LCCN: 2013954006

For information about ordering this book for your school, library, or organization, please contact us.

Satya House Publications
P. O. Box 122
Hardwick, Massachusetts 01037 USA
(413) 477-8743
orders@satyahouse.com
www.satyahouse.com

SATYA HOUSE PUBLICATIONS
Hardwick, Massachusetts

Thank you to the Maharani Gayatri Devi Girls School,
its principal Ms. Sunti Sharma, and the students, for their time and generosity.
Thank you also to Lily and Mahendra Singh of the Jasvilas Hotel in Jaipur.

महारानी गायत्री देवी बालकि वदि्यालय, इसकी प्रधानाचार्या सुश्री सुन्तीज शर्मा, और छात्रों को उनके समय और दयालुता के लिए धन्यगवाद। जयपुर में जसविलाज़ होटल के ललिी व महेंद्र सहि को भी धन्यीवाद।

अहाते में मोरों की कर्कश हूक भोर में शुरू हो गयी। "मलिा, सुबह की चाय के लिए नीचे आओ।" मैंने मां को मुझे बुलाते हुए सुना।

The raspy squawks of peacocks in the courtyard begin at dawn. “Mila, come down for morning tea!” I hear Maa calling me.

मेरा परविार एक वशिाल घर में रहता है जो मेरे परदादा का था। चूंकि यह बहुत बड़ा है इसलिए मेरे माता-पिता पर्‌यटकों को करिाये पर कमरे देते हैं।

My family lives in a huge house that belonged to my great-grandparents. Because it is so big my parents rent out rooms to tourists.

कचिन में मां धनयिा, इलायची, और जीरा पीस रही थी, दोपहर के भोजन बरियानी के लिए। मेरे और मेरे बड़े भाई, राजेश के लिए गर्मागर्म रोटी है।

In the kitchen, Maa grinds the coriander, cardamom, and cumin spices for the lunch *biryani*. There is warm *roti* for me and my older brother, Rajesh.

SHOP GOVINDAM
16
17
LIBERTY
श्याम
मोहित
ट्रैवल्स
महावीर
पब्लिक
PIAGGIO
ape
RJ14
PA 4314

मेरे चाचा हर सुबह एक टुकटुक में मुझे स्कूरल छोड़ते हैं। पैदल यात्री सड़क पार करने की कोशिश कर रहे हैं और उसी समय कारें हॉर्न बजा रही हैं, रिक्शेझ झनझना रहे हैं, मोटरसाईकिलें तेज़ गति से निकल रही हैं। सड़क पर एक गाय, चुपचाप यह सब देखते हुए जुगाली करती खड़ी है।

My uncle drives me to school in a *tuk-tuk* every morning. Car horns beep, rickshaws jangle, and motorcycles zoom around us as pedestrians try to cross the street. A cow stands in the road, chewing and silently watching.

मैं सीट पकड़कर बैठी हूं ताकि टुकटुक से बाहर न गरि जाऊं। व्या,पारी फूल, फल, और चूड़ियां बेच रहे हैं, गा-गाकर नारंगी और लाल साड़ियों में औरतों को आवाज़ लगा रहे हैं, जनिसे पूरा बाजार भर गया है।

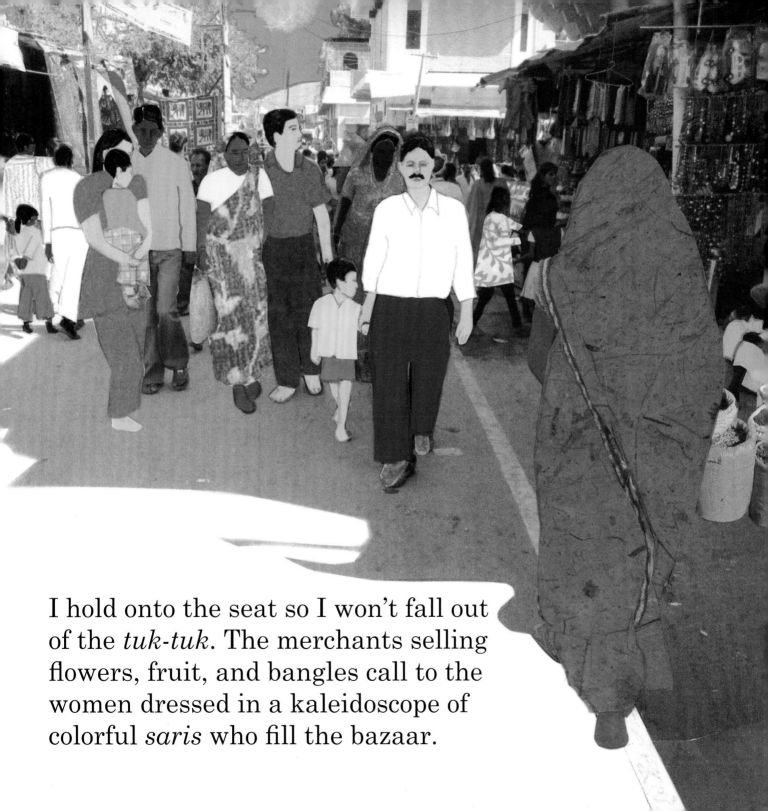

I hold onto the seat so I won't fall out of the *tuk-tuk*. The merchants selling flowers, fruit, and bangles call to the women dressed in a kaleidoscope of colorful *saris* who fill the bazaar.

GIRL

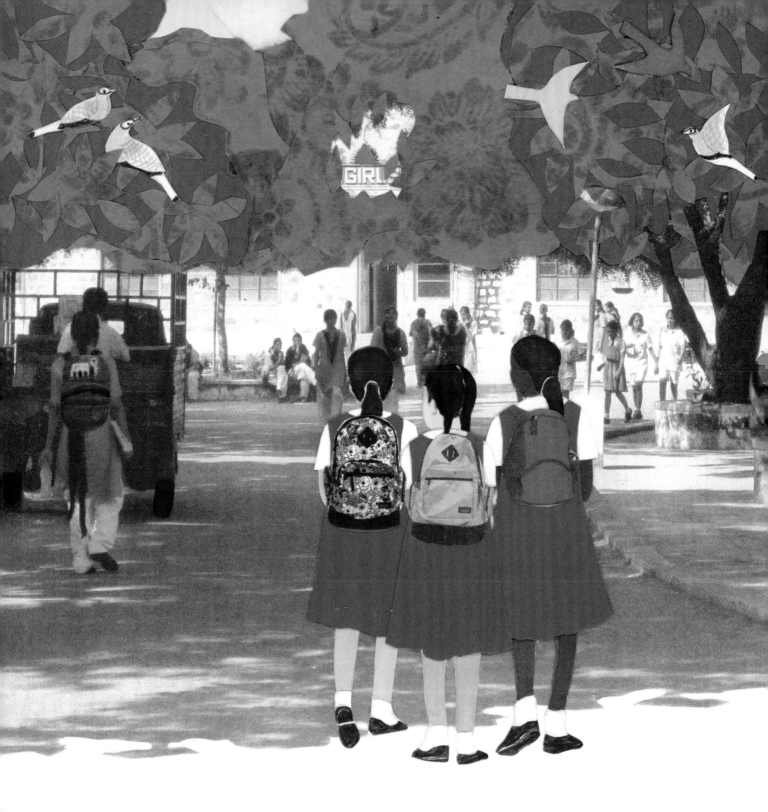

जैसे ही मैं अपने दोस्तों से मलिने भागी हूं वैसे ही चाचा मुझे कहते हैं "मेहनत से पढ़ाई करना।" मेरे दोस्तं मेरा अभविादन करते हैं, "नमस्तेक मलिा"। रीता और रेशम हदिी में मुझे गुप्ता बातें बताती हैं और मैं खलिखलिाती हूं। स्कूरल में हम मुख्य तौर पर अंग्रेजी बोलते हैं।

"Study hard," Uncle calls to me as I rush to meet my friends. "*Namaste*, Mila," they greet me. Rita and Resham tell me secrets in Hindi that make us giggle. In school we mainly speak English.

कक्षा जाने के रास्तें में हम कुछ अन्यल लड़कियों पर रहिर्सल पर नाटक खेलते देखते हैं। यह एक महाराजा और उसके परविार की कहानी है जो कि ऐंबर कलि पर रहते थे।

On our way to class we see some other girls at play rehearsal. It is a story about the *Maharaja* and his family that used to live at the Amber Fort.

की
रानी

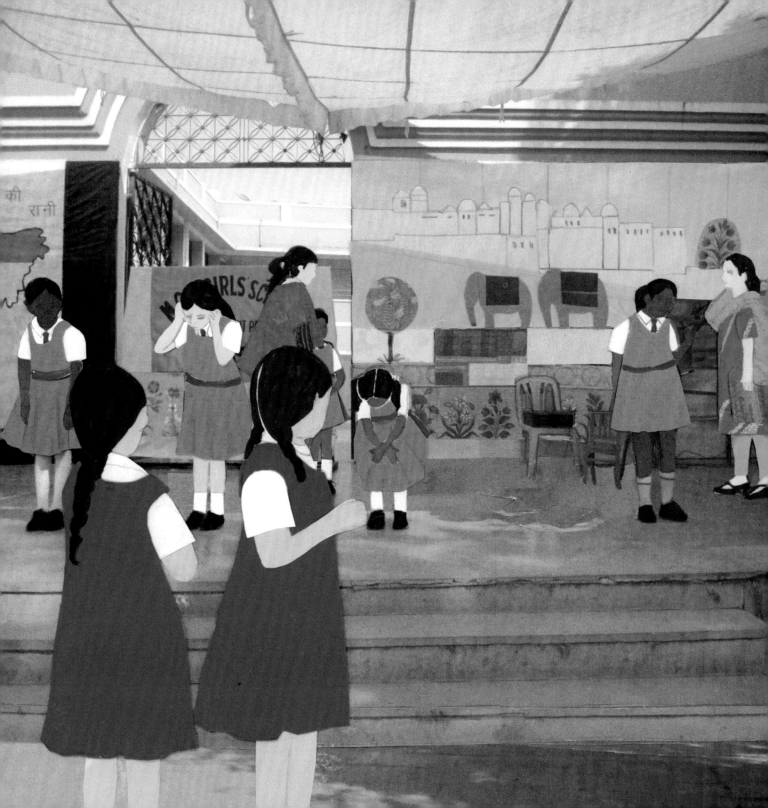

स्कूहल के बाद मैं रीता को वदिा कहती हूं और वह मुझे याद दलिाती है कि हम राज मंदरि थयिेटर पर एक घंटे में मलिेंगे। चाचा मुझे टुकटुक में लेने आते हैं।

After school I say good-bye to Rita and she reminds me we will meet at the Raj Mandir Theater in an hour. Uncle picks me up in the *tuk-tuk*.

हवा महले

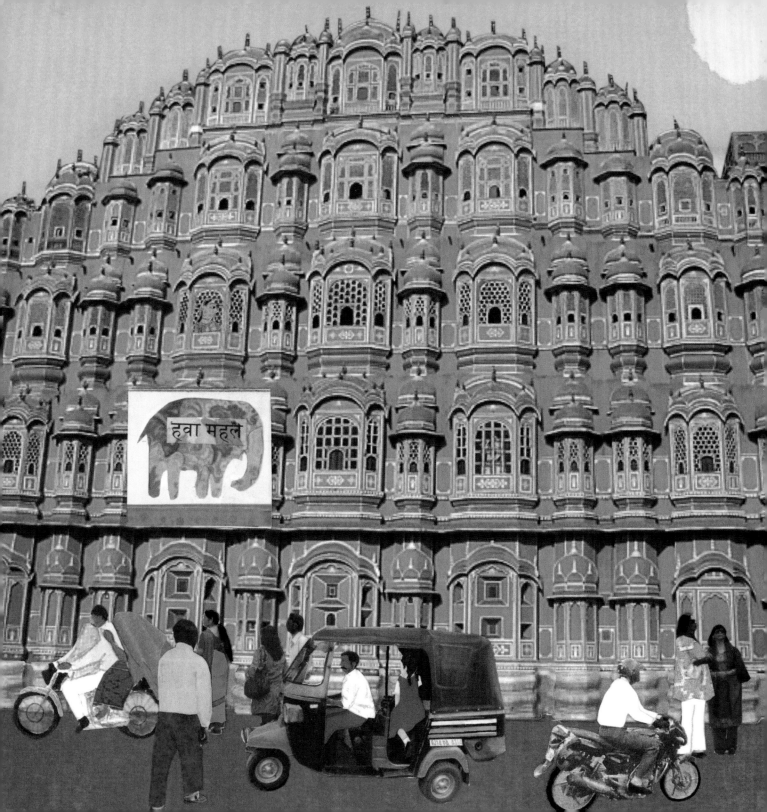

मैं शहर से गुजरते हुए खूबसूरत हवा महल को देखती हूं। यह मां की पसंदीदा इमारत है। वह अक्सटर मुझे उन औरतों की कहानयियां सुनाती है जो बहुत पहले उन जालीदार खड़िकियों के पीछे रहती थीं।

चाचा मुझे बाजार में बाबा के कीमती पत्थजरों की दुकान पर ले गये। जब में बड़ी हो जाऊंगी तो मैं भी वहां काम करना चाहती हूं।

I look up at the beautiful *Hawa Maha* as we drive through the city. This is Maa's favorite building. She often tells me stories about the ladies who used to live behind the latticed windows long ago.

Uncle takes me to Baba's gem shop in the bazaar. When I grow up I want to work there, too.

कोका कोला
आपका हार्दिक
स्वागत करता है।

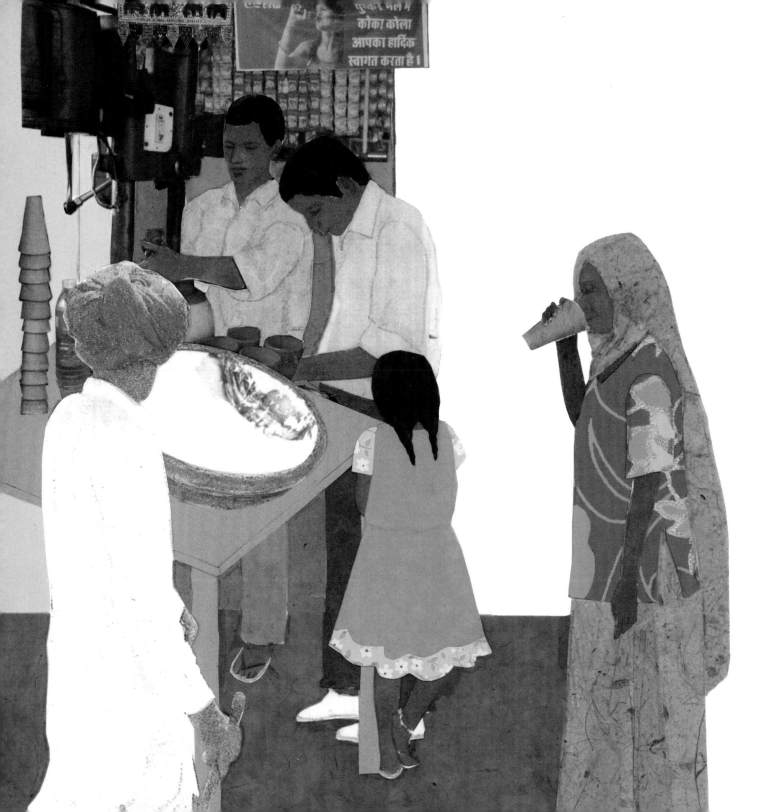

बाबा ने सडक पार के लस्सीवाले से हमारे लिए मैंगो लस्सी खरीदी। गर्म मौसम में भी मेरे हाथ में मिट्टी का कुल्हरड़ ठंडा है।

Baba buys us a *mango lassi* from the *lassi-wallah* across the street. The clay cup is cool in my hands even in the hot weather.

RAJ MANDIR

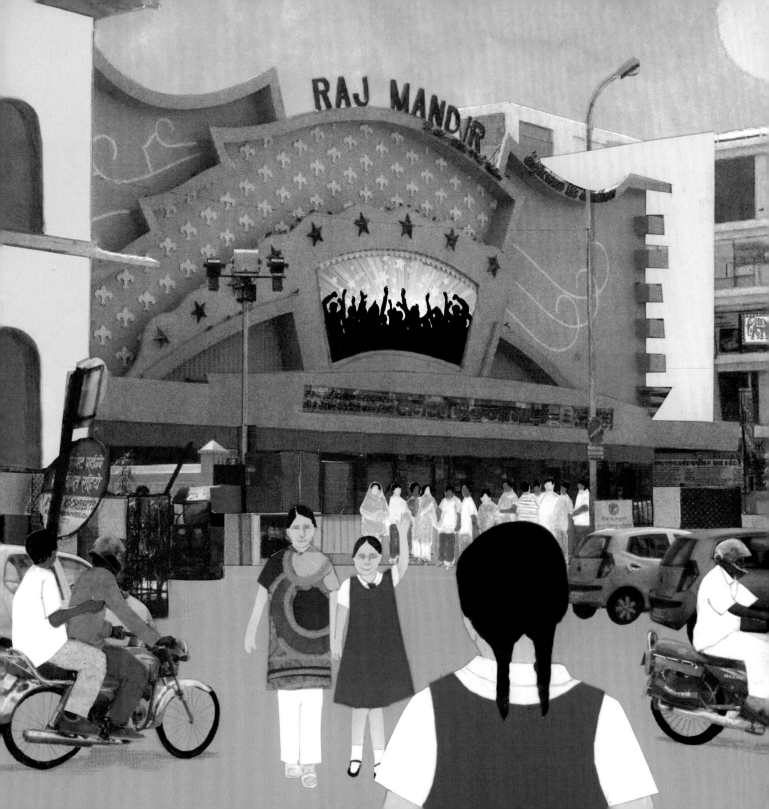

मूवी थयिटर में, मैं रीता और उसकी बहन से मलिी। हमने भीड़ में लाइट जाने के बाद अपनी सीट खोजी। अगले दो घंटे तक हम हंसते रहे, शोर मचाते रहे और बाकी दर्शकों के साथ ठहाके लगाते रहे।

हम बॉलीवुड नृत्योंत को करीबी से देखते हैं ताकि उनपर साथ में अभ्याबस कर सकें।

At the movie theater, I see Rita and her sister. We find our seats in the crowd as the lights go down. For the next two hours we cheer, we boo, and we laugh along with the rest of the audience.

We watch the *Bollywood* dances closely so that we can practice them together later.

मैं देर दोपहर के कम होती रोशनी में घर पर पहुंची। मां हमारे मेहमानों को चाय दे रही है। कभी-कभी बाबा उन्हें पुराने राजाओं के बारे में और पास के शेखावती नगर की खूबसूरत हवेलयिों की कहानयिां सुनाते हैं।

I arrive home in the fading light of late afternoon. Maa is serving tea to our guests. Sometimes, Baba tells them stories about the old Rajas and the nearby town of Shekawati with all the beautiful *havelis*.

Once we went to Shekawati to visit my cousins.
We saw a camel train on its way to the *Pushkar Fair*.
The camels walk with a rolling sway, kicking up the
brown dust as though it were ocean spray.

एक बार हम अपने चचेरे भाइयों-बहनों से मिलने के लिए शेखावती गये। हमने पुष्कहर मेला जाते हुए ऊंटों के रेले को देखा। ऊपर-नीचे हिलते हुए चलते हैं, और भूरी धूल को उछालते रहते हैं जैसे वह समुद्र की फुहार हो।

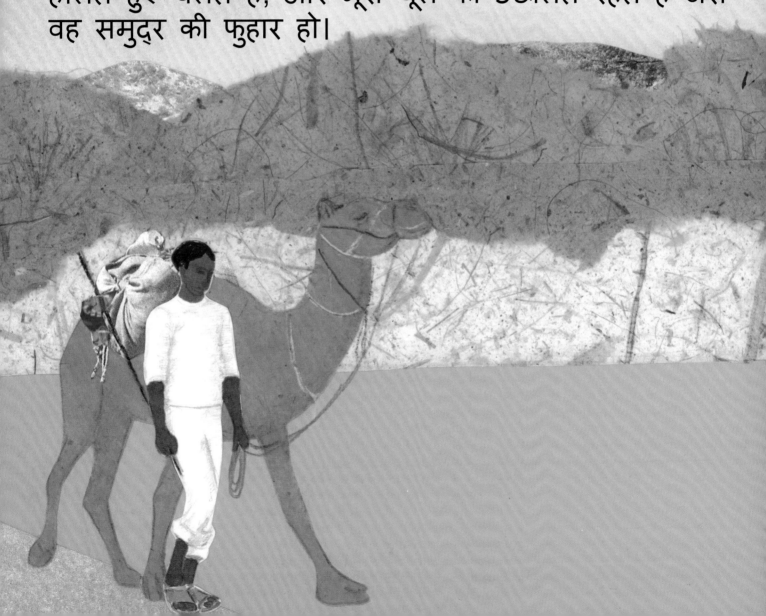

जैसे ही मां द्वारा बनाई गई करी की मसालेदार गर्म महक पूरे किचन में भरी मुझे अहसास हुआ कि मुझे कितनी भूख लगी है। ताम्र पुष्पबपात्र में गेंदे के फूल, नीली थाली में लाल टमाटर और टेबल पर नारंगी आम की चटनी वही रंग हैं जो रोज मैं अपने स्कूल के रास्तेप में देखती हूं।

I realize how hungry I am as soon as the warm spicy smells of Maa's delicious curry fill the kitchen. The yellow marigolds in the copper vase, the red tomatoes in the blue dish and the orange mango chutney on the table are the same colors I see every day on my way to school.

रात के खाने के बाद मैं अपना होमवर्क अहाते की ओर देखती छोटी टेबल पर करती हूं। मोरों ने कुछ थकी हुई हूकें लगाई, जैसे जैसे रात का अंधेरा हो रहा था।

After dinner I do my homework at a small table overlooking the courtyard. The peacocks give a couple of tired squawks, as the evening turns dark.

मैं बिस्तर में घुस गई और राजेश को तबला बजाते सुनने लगी। संगीत की ताल दिन की आवाज़ों और दृश्यों से मिल जाती है। मैं जानती हूं कि वे हमेशा मेरे दिल में रहेंगी चाहें मैं जहां भी रहूं।

I settle into bed and listen to Rajesh playing his *tablas*. The pulse of the music blends with the sounds and sights of the day. I know they will always stay in my heart no matter where I am.

About India

India is a large country in South Asia that is densely populated and incredibly diverse. There are small villages and large cities. There are people living in severe poverty, middle-class families, and wealthy people living in luxury.

It is the birthplace of several major religions including Hinduism, Buddhism, and the Sikh religion. There are also many Muslims and other religious groups living in India. It is also where the practice of yoga and Ayurvedic medicine began.

People from all over the world travel to India. Some go to study with spiritual masters. Some go to see the ancient art, experience the crowded bazaars, and walk through the old cities filled with beautiful buildings and culture. There is a unique connection to a vibrant past that can be felt on the streets today throughout the country.

India was colonized by the British from the middle of the 19th century to the middle of the 20th century and that influence is still largely felt. English is taught in schools and spoken as a second language by many people. Hindi is the national language, but there are at least 30 languages and many, many other dialects.

Mahatma Gandhi was the leader of a non-violent movement that was the key to India becoming an independent democracy in 1947. At that time, however, India was divided into two countries — a Hindu dominated India and Muslim dominated Pakistan.

Out of the myriad locations in India, this story takes place in Jaipur, Rajasthan, a beautiful area in northwestern India that has its own indigenous economy, partly built on its historical gem and jewelry businesses. The landscape around Jaipur is dry and sandy. There may be more camels and elephants on the streets here, but the sacred cows wandering about through the traffic can be found all over India.

Jaipur is known as the Pink City because of the sandstone buildings in the center of the city that have been painted pink as a sign of welcome. It is the first planned city in India, built by Maharaja Sawai Jai Singh, beginning in 1727. The rajas built large houses that were handed down from one generation to the next and remain there today. The forts and palaces reflect its historical connection with the Mughals, who were originally from Central Asia and ruled much of India from the 1590s until the British colonization.

Education is important throughout India. In the story, Mila wants to have a career like her father and become a business woman when she grows up. Indian culture is also very influential. Mila is also guided by the traditions, stories, and philosophies of her family that have been passed down through the generations.

Even with its overpopulation and layer of poverty, today India is one of the fastest growing economies in the world. India's Bollywood movies, music, spiritual traditions, arts and crafts, high tech companies, computer scientists and highly trained doctors are known throughout the world.

भारत के बारे में

भारत दक्षणि एशयिा में एक बड़ा देश है जसिकी आबादी सघन है और यहां आश्चभर्यजनक वैवधि्यि है। यहां छोटे गांव और बड़े शहर हैं। यहां भयंकर गरीबी में रहते लोग, मध्यवर्गीय परविार ओर धनी लोग हैं और ऐशो-आराम में जीते हैं।

यह कई प्रमुख धर्मों का जन्म़स्था न है जसिमें हन्दि्म, बौद्ध और सखि धर्म शामलि हैं। यहां कई मुसलमान और अन्य धार्मकि समूह भी रहते हैं। यही वह जगह है जहां योग और आयुर्वेदकि औषधि की शुरुआत हुई थी।

पूरी दुनयिा से लोग भारत घूमने आते हैं। कुछ आध्यात्मकि गुरुओं के साथ पढ़ने जाते हैं। कुछ प्राचीन कला देखने, भीड़भाड़ वाले बाजार का अनुभव लेने, और सुंदर इमारतों और संस्कृ ति से भरे पुराने शहरों में घूमना चाहते हैं। जीवंत अतीत के साथ एक अद्वतिीय बंधन है जसि आज पूरे देश में सड़कों पर महसूस कयिा जा सकता है।

ब्रटिशि ने भारत को 19वीं सदी से 20वीं सदी के मध्य तक उपनविशि बनाया और उसके प्रभाव को आज भी काफी हद तक महसूस कयिा जा सकता है। अंग्रेजी स्कूसलों में पढ़ाई जाती है और कई लोगों द्वारा द्वतिीय भाषा के रूप में बोली जाती है। हदिी राष्ट्रीसय भाषा है, लेकनि कम से कम 30 अन्य् भाषाएं हैं और अन्यज कई-कई बोलयिां हैं।

महात्माा गांधी एक अहसिात्म्क आंदोलन के नेता थे जो भारत के 1947 में एक स्वभतंत्र जनतंत्र में बनने में केंद्रीय था। लेकनि उस समय भारत दो देशों में वभिाजति हो गया-- हदिू प्रधान भारत और मुसलमान प्रधान पाकस्तिा न। भारत की तमाम कस्मिद की जगहों में से, यह कहानी जयपुर, राजस्थानन में घटति होती है, जो कि उत्तर-पश्चमिी भारत का एक सुंदर क्षेत्र है जसिकी अपनी एक स्वदेशी अर्थव्य वस्थाा है, जो कि आंशकि तौर पर इसके ऐतहिासकि कीमती पत्थयर और गहनों पर नर्मिति है। जयपुर के आसपास का भूदृश्य् सूखा और धूल भरा है। यहां सड़कों पर ऊंट और हाथी ज्याकदा हो सकते हैं, लेकनि पवति्र गायें पूरे भारत में सड़क के ट्रैफकि के बीच घूमती देखी जा सकती हैं।

जयपुर को शहर के केंद्र में बलुआ पत्थूर की इमारतों के कारण गुलाबी शहर के नाम से जाना जाता है, क्योंतकि उन्हें स्वारगत के चन्हि के तौर पर गुलाबी रंग में रंगा गया है। यह भारत का पहला सुनयिोजति शहर है, जसि महाराजा सवाई जय सहि द्वारा 1727 की शुरुआत में बनाया गया था। राजाओं ने बड़े घर बनवाये जो कि एक पीढ़ी से दूसरी पीढ़ी को मलिते थे और आज तक मौजूद हैं। कलि और महल मुगलों के साथ इनके ऐतहिासकि संबंध को दखिलाते हैं, जो मूल तौर पर केंद्रीय एशयिा से थे और उन्हों ने ब्रटिशि उपनविेशीकरण तक 1590 के दशक तक भारत के बड़े हस्सिेद पर शासन कयिा। शक्षिा पूरे भारत में अहम है। कहानी में मलिा अपने पतिा के समान कैरयिर बनाना चाहती है और बड़ी होने पर व्यहवसायी औरत बनना चाहती है। भारतीय संस्कृनति में यह बहुत प्रभावी होता है। परंपराएं, कहानयिां और दर्शन जो मलिा के परविार में पीढ़ी दर पीढ़ी मौजूद रहा है वह मलिा को भी राह दखिलाता है।

अपने अतजिनसंख्याौ और गरीबी की परत के बावजूद आज भारत दुनयिा की सबसे तेजी से बढती अर्थव्यऔवस्थाओं में से एक है। भारत की बॉलीवुड फलि्मेंप, संगीत, आत्मकि परंपराएं, कलाएं और शल्पि, उच्च तकनीकी कंपनयिां, कंप्यू टर वैज्ञानकि, और उच्चभ प्रशक्षिणप्राप्तल डॉक्टरि पूरी दुनयिा में जाने जाते हैं।

Glossary

Maa: mother

Baba: father

biryani: a rice dish mixed with spices and vegetables; sometimes with chicken or meat.

roti: Indian flatbread

tuk-tuk: a small three-wheeled vehicle that is open on the sides, like a motorized rickshaw.

sari: a dress worn in India made of one long piece of fabric draped around the body.

Namaste: a greeting literally meaning *salutations to you*.

Maharaja: refers to an important ruler or leader. Maha means great; raja means king.

Hawa Mahal: "Palace of Winds" is a beautiful old palace in the center of Jaipur with 950 latticed windows. The royal ladies who used to live here could look out on the streets without being seen.

lassi: a drink made from yogurt, water, spices and fruit.

lassi-wallah: a person who makes and sells lassi.

Bollywood: a term for Hindi movies, usually with much singing and dancing.

havelis: mansions found throughout India with murals painted on the walls, outside and inside, and often built around a courtyard and fountain.

Pushkar Fair: the largest camel trading fair in the world.

tabla: a percussion instrument, like a bongo.

शब्दावली

मां - माता बाबा - पति

बरियानी: मसालों और सब्जियों या कभी कभी मुर्गे या बकरी के गोश्तं के साथ मलिाकर बनाया जाने वाला चावल का पकवान

रोटी: भारतीय चपटी रोटी

टुकटुक: एक मोटरीकृत रक्शि की तरह एक छोटा तीन पहियों वाला वाहन जो दोनों ओर से खुला होता है।

साड़ी: भारत में पहनी जाने वाली एक पोशाक जो एक बड़े लंबे कपड़े से बनी होती है जसि शरीर के चारों ओर लपेटा जाता है।

नमस्तें: एक शुभकामना जसिका अर्थ है आपका अभविादन

महाराजा: कोई अहम शासक या नेता। महा का अर्थ है बड़ा; राजा का अर्थ है राजा।

हवा महल: "हवा महल" 950 जालीदार खड़िकियों से जयपुर के केंद्र में बना एक सुंदर पुराना महल है। राजसी स्त्रयिां यहां रहती थीं जो क बिनि देखे गये सड़कों पर देख सकती थीं।

लस्सीथ: दही, पानी, मसाले और फलों से बनने वाला एक पेय पदार्थ।

लस्सीथ वाला: लस्सी बनाने और बेचने वाल व्यफक्तति

बॉलीवुड: हदिी फलि्मोंस के लएि एक शब्द, जनिमें आम तौर पर काफी नाच-गाना होता है, ।

हवेलयिां: पूरे भारत में दीवारों पर बाहर और अंदर म्यू रलों (चति्रों) के साथ बनाये गये महल और जो अक्सरर एक अहाते और फव्वारे के इर्द-गर्दि बनाये जाते हैं।

पुष्क्र मेला: दुनयि का सबसे बड़ा ऊंट व्या पार का मेला।

तबला: बांगो के समान एक ताल वाला वाद्य।